da —
— bux

Totsch

Sunil Mann

www.dabux.ch

da bux
Bleichestrasse 28
9470 Werdenberg
Schweiz

Copyright © 2019 **da bux**

Umschlaggestaltung: Tabea Hüberli
Foto: Media Whalestock / Shutterstock
Autorenfoto: Renate Wernli
Lektorat: Alice Gabathuler
Korrektorat: Heike Brillmann-Ede
Satz: Tom Zai mit $\LaTeX$
Druck / Bindung: Cavelti AG, Gossau SG, Schweiz
ISBN 978-3-906876-13-9
2. Auflage 2020

Mit Unterstützung von

**AARGAUER
KURATORIUM**

Kapitel 1

Ich sehe dich.
Du rennst die Treppe rauf.
Schlägst die Tür hinter dir zu.
Wirfst dich aufs Bett.
Kopf unters Kissen, Hände auf die Ohren.

Und trotzdem hörst du deine Eltern immer noch. Selbst als sie längst verstummt sind, und diese bedrückende Stille das ganze Haus einnimmt. Diese Stille, die du so gut kennst. Wie ein leises Surren, das die Wände durchdringt. Als stünde ein winziger Motor im Keller.

Doch in deinem Kopf streiten sie weiter.
In deinem Kopf kannst du ihre Stimmen hören.
Wie ein Echo, das nicht verhallt.

Die Stimme deines Vaters, die erst ganz ruhig klingt. Doch je mehr Vorwürfe und Beschuldigungen er einstecken muss, desto bedrohlicher wird sie. Bis nur noch ein Knurren übrigbleibt. Dann weisst du, dass er kurz vor der Explosion steht.

Und deine Mutter. Sie fügt ihm giftige kleine Stiche zu, trifft punktgenau die wunden Stellen, da wo es wehtut. Leise erst, dann wird sie immer lauter, ihre Stimme greller, höher, unkontrollierter, bis sie sich überschlägt.

Und dann schreit sie, am Ende schreien sie immer.

Vaters Faust, die gegen den Türrahmen kracht, Mutters Weinen. Sein Gebrüll, das durch das ganze Haus dröhnt. Das ganz tief aus ihm herausbricht, mit einer solchen Wut, dass du längst weisst, was deine Eltern vielleicht noch gar nicht richtig geschnallt haben: Das wird nicht mehr gut. Nie mehr.

Kapitel 2

Ich sehe dich, Jannick.
Ich sehe dich jeden Tag.
Ich sehe dich in dein Zimmer flüchten, wenn sich deine Eltern streiten. Ich beobachte dich, wenn du versuchst, ihr Geschrei auszublenden.
Es gelingt dir nicht. Wie könnte es auch? Sie sind so laut, dass man den Lärm manchmal bis zu uns hört, quer über die Strasse. Vor allem jetzt im Sommer, wenn die Fenster offenstehen.
Ich weiss, wie du dich fühlst, Jannick. An dem Ort war ich auch. Ein dunkler Ort. Nur ist es bei mir schon einige Zeit her.

Ich sehe dich abends, wenn du von der Arbeit oder vom Training nach Hause kommst. Leise schliesst du die Türe hinter dir, streifst die teuren Sneakers ab. Nimmst dir etwas zu essen aus dem Kühlschrank. Schleichst am Wohnzimmer vorbei und hoffst, dass der Ton des Fernsehers laut genug aufgedreht ist, damit sie deine Schritte auf der Treppe nicht hören.

Ich sehe dich, Jannick, wenn du deine Aufgaben erledigst. Berufsschule. Du hast eine Lehrstelle als Automobil-Mechatroniker in der Garage *Schürch* bekommen.

Ich sehe dein angespanntes Gesicht im bläulichen Schein des Bildschirms, Kopfhörer auf, wenn du danach ein paar Runden auf der Xbox spielst.

Ich sehe dich ins Bett gehen. Du schliesst die Rollläden nur halb.
Manchmal lasse ich deinen Namen über meine Zunge rollen, ganz langsam. Ich koste jede Silbe aus. Jan-nick. Jan-nick.

Am Morgen sehe ich dich aufstehen. Ich sehe dich, wenn du aus dem Badezimmer zurückkommst, ein Frotteetuch um die Hüften geschlungen. Fast immer betrachtest du dich dann im Spiegel, der am Kleiderschrank hängt. Spannst die Muskeln an, streichst mit der Hand über deinen flachen Bauch, überprüfst deinen Bizeps. Dein Morgenritual.

Du treibst viel Sport, trägst die richtigen Kleider, die richtigen Marken, hängst mit den coolen Jungs ab. Du willst unbedingt dazugehören.
Das habe ich schnell herausgefunden.
Aber etwas ist anders. Anders an dir.

Kapitel 3

Nach vier Wochen hat mich die Grenacher bei *Grenachers Top Mode* beinahe rausgeschmissen. Lehrstelle um ein Haar gegen die Wand gefahren. Aber sowas von. Mit durchgedrücktem Gaspedal.

Ich sei schon wieder zu spät, hat Frau Grenacher gesagt und drohend mit dem Zeigefinger vor meiner Nase herumgewedelt. Zum dritten Mal in kurzer Zeit. So könne es also nicht weitergehen. Dabei hat sie die Augenbrauen bis zum Haaransatz hochgerissen. Sogar die Betonfrisur hat gewackelt, so empört war sie.

Ich habe ein paar Tränchen rausgedrückt und einen auf Mitleid gemacht. Vater abgehauen, Mutter krank, keiner da, der zu ihr schaut. Buhu, buhu. Die Grenacher liess sich nicht erweichen. Blöd ist die ja nicht. Ich habe versprochen, mich zu bessern, doch das hat sie mir nicht abgenommen. Sie müsse sich ernsthaft überlegen, ob sie mich behalten wolle, hat sie gemeint. Als wäre ich ein verdammtes Meerschweinchen, oder so.

Da habe ich ihr Sachen an den Kopf geworfen, die im amerikanischen Fernsehen mit einem Piepen übertönt werden. Ich weiss nicht, was über mich gekommen ist. Manchmal bin ich echt ein Totsch. Aber das alles hat mich so wütend gemacht.

Frau Grenacher hat gezittert und gefragt, wer ich glaube, dass ich sei. Darauf fiel mir keine Antwort ein, denn das weiss ich selber nicht so genau. Wer ich bin. Grosse Frage. Würde ich jetzt nicht unbedingt stellen, während ich gerade jemanden rausschmeisse. Da gibt es bessere Momente für.

Ich solle machen, dass ich aus dem Laden komme, hat sie mich angezischt, das Gesicht ganz rot. Die Augen quollen ihr fast aus dem Kopf, wie bei so einem Fisch, der sich bei Ärger kugelrund aufbläst.

Ich hab dann noch ein paar weitere Dinge zu ihr gesagt, im Fernsehen hätte es die ganze Zeit gepiept. Danach bin ich gegangen. Ich wollte nie mehr zu *Grenachers Top Mode*. Ist sowieso ein total bekloppter Name für einen Kleiderladen, fand ich schon immer. Zudem verkaufen die eh nur Klamotten für Zombies. Für alte Leute, Leute über dreissig oder so.

Die Grenacher hat sofort meine Mutter angerufen und das Lehrlingsamt und die Berufsschule. Vermutlich auch gleich noch all ihre Freundinnen, wenn sie schon mal am Handy war, und Professor Dumbledore und den Kaiser von China. Was weiss ich.

Jedenfalls musste meine Mutter antraben. Sie hat mich mit diesem Blick angesehen, der mir sofort ein schlechtes Gewissen macht. Das hat sie echt gut drauf. Eine Mischung aus Empörung, Sorge und Wut. Keine Ahnung, wo sie das gelernt hat. Aber dieser Blick funktioniert immer.

Meine Mutter und die Grenacher haben dann lange geredet und mich dabei immer wieder mit fürchterlich ernsten Gesichtern gemustert. Ich habe einfach auf den Boden gestarrt und gehofft, dass das alles schnell vorbeigeht.

Am Ende war es so, dass ich mich bei der Grenacher entschuldigen musste. Big Fail. Mir wurde übel, aber sie hat zuckersüss gelächelt und gemeint, dass jeder eine zweite Chance verdiene.

Am folgenden Montag stand ich wieder in *Grenachers Top Mode*. Seither macht sie mir das Leben zur Hölle.

Sie folgt mir auf Schritt und Tritt. Es ist, als würde ich dauernd ihren Atem in meinem Nacken spüren. Jedes T-Shirt, das ich zusammenfalte, kontrolliert sie. Dann schnalzt sie mit der Zunge und schüttelt dazu missbilligend den Kopf. Als wäre ich ein Totsch, der es nicht einmal schafft, ein T-Shirt korrekt wegzuräumen. Kümmere ich mich um Kunden, funkt sie jedes Mal dazwischen. Wie wenn ich keine Ahnung hätte. Manchmal wünsche ich mir echt, sie hätte mich rausgeschmissen.

Kapitel 4

Mutters Lohn reicht knapp für uns beide, als Lehrling kann ich nur wenig zu den Haushaltskosten beisteuern.
Sie ist natürlich nicht krank, kein bisschen, sondern arbeitet bei einer Versicherung. Macht da irgendwelchen Bürokram oder so, was weiss ich. Vater hingegen ist tatsächlich abgehauen, aber hier vermisst ihn keiner.

Die Wohnung in der Agglomeration ist billig. So sieht sie auch aus. Im siebten Stock eines Wohnblocks, eng, dunkel und seit zwanzig Jahren nicht mehr renoviert. Nicht einmal gestrichen. Aber für mich ist das okay, Jannick. Sonst hätte ich dich wohl nie kennengelernt.

Ihr wohnt noch nicht lange hier. In der Nachbarschaft tratscht man, ihr hättet euch die Stadtwohnung nicht mehr leisten können. Vielleicht ist das einer der Gründe für die ewigen Streitereien zwischen deinen Eltern. Es gibt Leute, die zerreissen sich nun mal gern die Mäuler. Sie wissen immer alles über andere oder tun zumindest so.

Von meinem Zimmer sehe ich direkt in deins.
Euer zweistöckiges Häuschen liegt genau
gegenüber, auf der anderen Strassenseite. Ein
kleiner Garten, ein paar Birken, wie in einem
Werbeprospekt. Schöner Wohnen am Stadtrand.
Wenn man nur flüchtig hinguckt.
Aber das tue ich eh nicht. Ich gucke genau hin.
Ganz genau.

Kapitel 5

Ich muss mich zwingen, früh aufzustehen. Dafür weiss ich, dass ich dich sehen werde, Jannick.

Ich warte hinter den Müllcontainern, die in dem Gässchen gleich neben der Bushaltestelle stehen, bis du das Haus verlässt und auf der anderen Strassenseite auftauchst. Das ist das Zeichen, dass der Bus gleich da sein muss.

Wie jeden Tag warte ich auch heute ab, bis du eingestiegen bist. *Grenachers Top Mode* öffnet erst um neun Uhr, ich muss dreissig Minuten vorher dort sein. Du aber beginnst deine Arbeit bereits um halb acht. Genügend Zeit, dir zu folgen, Jannick, dich zu beobachten.

Erst im letzten Moment trete ich hinter den Containern hervor und eile zum Bus. Ich drücke auf den leuchtenden Knopf, und die Türen öffnen sich noch einmal. Ich steige ein, bedanke mich beim Fahrer mit einem Nicken.

Ich muss mich nicht umsehen, denn ich weiss genau, wo du sitzt. Der Platz hinter dir ist noch frei. Ich zwänge mich in die Sitzreihe. Der Arzt hat gesagt, ich müsse abnehmen.

Weniger Süssigkeiten, mehr Bewegung. Klingt supereinfach, ist es aber überhaupt nicht, so im realen Leben. Aber ich bemühe mich. Versuche mir die Schokolade zu verkneifen, die Energydrinks, die Chips, das ganze zuckerhaltige Zeug, das ich mir abends reinstopfe, während ich irgendwelche Serien auf Netflix gucke. Oder rüber zu dir, Jannick.

Ich gebe vor, aus dem Fenster zu blicken, während der Bus den Ort durchquert. Schmucklos, gesichtslos, charakterlos. Agglo halt, bei uns ist es noch schlimmer als anderswo, mit hingeklotzten grauen Blöcken, in denen Menschen wie Batteriehühner wohnen. Tagsüber ist der Ort verlassen, man sieht niemanden auf der Strasse. Wie in einem Katastrophenfilm, in dem eine tödliche Seuche die ganze Bevölkerung ausgerottet hat.

Ich schaue auf die Fabrikgebäude und Lagerhallen, die heruntergekommenen Hochhäuser, Bürokomplexe. Eine Pizzeria schiebt sich ins Blickfeld, der Schriftzug an der Hauswand abblätternd, daneben ein Dönerstand, eine Billardhalle. Weiter hinten Aldi, ein Möbelhaus, die Gärtnerei. Doch es fällt mir schwer, mich auf die Aussicht zu konzentrieren. Mein Blick wird wie magisch von dir angezogen, Jannick.

Der zarte Flaum in deinem Nacken schimmert golden im Licht der Morgensonne. Deine blonden Haare sind kurz geschnitten, oben sind sie etwas länger. Auf der linken Halsseite hast du ein kleines Muttermal. Ich stelle mir vor, wie es wäre, diese Stelle zu küssen.

Deine Schultern sind breit, Fitnessstudio sei Dank, die Muskeln zeichnen sich deutlich unter dem T-Shirt ab. Die Haut braungebrannt, bronzefarben.

Ich hole die Kopfhörer für das Handy aus meinem Rucksack, lasse sie zu Boden fallen und stosse einen leisen Fluch aus. Damit es glaubwürdig wirkt. Du reagierst nicht.

Umständlich beuge ich mich dann nach vorn, mein Bauch ist im Weg. Und während ich auf der Suche nach den Dingern den Boden zwischen meinen Schuhen abtaste, atme ich deinen Geruch tief ein. Du riechst frisch geduscht und ganz leicht nach Axe, deine Haut strahlt Wärme aus. Ohne dass ich es beabsichtige, schliesse ich die Augen.

Kapitel 6

Direkt gegenüber der Garage *Schürch* steht ein Kiosk. Ich hole mir einen Kaffee im Pappbecher. Der kostet fast nichts und schmeckt auch so. Aber das ist mir egal. Ich setze mich auf die Mauer vor dem kleinen Laden, nippe an dem dampfenden Getränk und warte.

Die Garage befindet sich in einem länglichen Gebäude mit beinahe komplett verglaster Front, auf dem Flachdach thront eine ovale Leuchtreklame. *Autogarage Schürch* steht darauf, blutrote Schrift auf gelbem Grund. Ein Dutzend Autos auf dem Parkplatz. Opel, Citroën, Peugeot. Manche sind neu, die meisten aber Occasionen.

Endlich machst du dir an der Verriegelung zu schaffen, ich kann es hören. Mit einem Ächzen schwingen die Torflügel der Werkstatt auf und geben den Blick frei auf zwei Hebebühnen. Es sieht aus, als würden die beiden Autos darauf in der Luft schweben.

Du trägst jetzt eine dunkelblaue Latzhose, ein graues Polohemd darunter und kümmerst dich gleich um den Wagen rechts. Ein älteres Modell, ein Opel Kadett, glaube ich, bin mir aber nicht sicher.

Ich weiss nicht, wie oft ich schon hier gesessen bin. Wie viele Morgen ich schon hier verbracht habe. Natürlich nicht immer auf dem Mäuerchen vor dem Kiosk. Ich wechsle meinen Beobachtungsposten von Zeit zu Zeit, damit keiner beginnt, komische Fragen zu stellen. Mal setze ich mich auf die Bank in der Nähe des Parkplatzes, mal auf den Zaun gegenüber der Tankstelle.

Der Vorteil der Agglomeration: Alle sind stets unterwegs, keiner hat Zeit, keiner sieht genau hin. Bis jetzt bin ich keinem aufgefallen. Glaube ich.

Kapitel 7

Zwischen den Wohnblocks hinter der Garage tauchen vier Typen auf und steuern direkt auf den Kiosk zu. Ein massiger Kerl geht voraus. Offensichtlich der Anführer. Über seine rechte Wange verläuft eine ziemlich lange Narbe. Hinter ihm geht ein Kerl mit blond gefärbten Haaren.

Er ist in ein Gespräch mit einem schlaksigen Typen vertieft, der seine fettigen Strähnen mit einem lächerlichen hellblauen Reif zurückgesteckt hat. Der vierte im Bund, ein Bubi mit knallgelber Basketballmütze, hat einen hässlichen Kampfhund dabei. Das Viech zerrt wie wild an der Leine, aus seinem offenen Maul tropft schaumiger Speichel.

Die Kerle sind etwas älter als ich, sie sind leichenblass und haben dunkle Schatten unter den Augen, zwei von ihnen tragen schüttere Stoppelbärtchen. Asis. Ihre Klamotten scheinen direkt aus der Kleiderabfuhr zu stammen und sehen so ungewaschen aus wie sie. Ich könnte rübergehen und ihnen einen Besuch bei *Grenachers Top Mode* vorschlagen.

Zombiekleidung, würde perfekt passen. Ich unterdrücke ein Grinsen, der Anführer bemerkt es dennoch.

«Was ist so witzig, Fettsack?», ruft er mir entgegen.
Ich beteuere, dass gar nichts witzig sei.
«Du findest uns etwa nicht witzig?»
Der drohende Unterton ist unüberhörbar. Egal, welche Antwort ich jetzt gebe, ich kann nur verlieren.
«Hm», mache ich.
«Sah aber gerade so aus, als hättest du uns ausgelacht.»
«Nein, habe ich nicht.» Meine Stimme ist dünn wie Papier.

Der Typ kommt direkt auf mich zu. Sein Kumpel mit der knallgelben Basketballmütze versucht verzweifelt, den Hund zu bändigen. Die Leine ist aufs Äusserste gespannt, das Tier hechelt erwartungsvoll.

Hastig stütze ich mich ab und will aufstehen, doch mein Handgelenk knickt ein. Ich kippe zur Seite, knalle mit dem Ellbogen auf den Rand des Mäuerchens und rutsche dann wie ein Mehlsack zu Boden. Sehr unelegant. Notiz an mich selber: Abnehmen!

Der Anführer bleibt vor mir stehen, die Spitzen seiner ausgelatschten Schuhe befinden sich direkt vor meiner Nase, die sich wie von alleine rümpft.

Dunkelbraune Geox. Geox! Echt jetzt? Dad Sneakers. Uncooler geht's nicht. Fassungslos starre ich auf die Treter und kämpfe gegen den Drang an, laut aufzulachen. Das würde meine ohnehin schon ungünstige Situation nur noch weiter verschlimmern.

«Jetzt ist dir das Lachen vergangen, was?» Geox reisst mich an einem Arm hoch.
«Au, du tust mir weh!», wehre ich mich.
«Au, du tust mir weh!», äfft mich der Typ mit den blond gefärbten Haaren nach.
Seine Kumpel grinsen hämisch.

Geox wirbelt mich herum und drückt mich gegen die Aussenwand des Kiosks. Sein Unterarm liegt auf meiner Kehle, ich kriege kaum noch Luft.

Geifernd bellt mich der Hund an. Immer wieder springt er hoch, während der Typ mit der Mütze das Viech nur mit Mühe zurückhalten kann.
«Soll ich dir richtig wehtun, Fettsack?»
«Das bringst du eh nicht, Spacko!»
Manchmal weiss ich echt nicht, was mit mir los ist.

Eine Situation, in der jeder mit auch nur dem kleinsten Fünkchen Verstand den Latz gehalten hätte. Aber ich, ich reisse die Klappe auf. Weit auf. Ich Totsch.

Geox blinzelt verblüfft. Diese Antwort hat er wohl nicht erwartet. Ich kann den süsslichen Duft von Gras riechen, den seine Kleidung verströmt. Im selben Moment rast seine Faust auf mich zu. Ich will ausweichen, doch Geox drückt mich noch immer gegen die Wand. Ich werfe den Kopf im letzten Moment zur Seite, sodass der Hieb nur meine Wange streift. Geox schürft sich die Knöchel an der Fassade, er flucht, während seine Kumpel johlen.

Meine rechte Gesichtshälfte brennt, doch der Druck auf meinen Hals lässt nach. Aber anstatt mich zu befreien und wegzurennen, spanne ich meine Muskeln an. Ich habe welche, wie ich zu meiner Überraschung feststelle. Auch wenn ich kaum Sport treibe.

Ich lasse das Knie hochschnellen. Direkt zwischen seine Beine. Geox' Augen ploppen hervor, und er stösst einen langgezogenen Zischlaut aus. Es klingt, als würde alle Luft aus seinem Körper gepresst, dann klappt er zusammen. Wie ein Schweizer Sackmesser.

Kapitel 8

Sie schleudern mich auf den Boden und treten nach mir, der Hund bellt wie von Sinnen. Der Kioskverkäufer kommt angerannt, doch die Typen brüllen ihn so wütend an, dass er sich schleunigst wieder verzieht. Danke schön auch. Ich versuche, meinen Kopf zu schützen, und robbe wie eine Raupe über den Boden, während sie verbissen keuchend um mich herumtänzeln. Immer wieder trifft mich ein Tritt in die Seite oder den Bauch.

«Jetzt lachst du nicht mehr, was, Fettsack?»
«Fick dich!», stosse ich hervor.
Eine Sekunde später bohrt sich die Spitze eines Geox-Schuhs in meine Rippen, und ich krümme mich vor Schmerz.

«Hey!», brüllt plötzlich jemand. «Habt ihr sie noch alle?»
Die Kerle hören auf der Stelle auf, auf mich einzuprügeln. Sogar der blöde Köter verstummt.
«Vier gegen einen! Seid ihr nicht ganz dicht?»
Vorsichtig hebe ich den Kopf. Jannick steht zwischen Garage und Kiosk, die Arme in die Seiten gestützt.

«Was willst du?», knurrt Geox.
«Lasst ihn in Ruhe!»
«Den Fettsack?»
«Verpisst euch einfach!»
«Wieso sollten wir das tun?» Geox' Stimme klingt lauernd.
«Weil das feige ist.»
«Er hat uns ausgelacht.»
Jannick zuckt mit den Schultern. «Ihr seid ja auch total lächerlich.»

Geox blinzelt schon wieder. Es dauert offensichtlich immer eine Weile, bis Informationen sein Gehirn erreichen.
Als er das Gesagte endlich verarbeitet hat, setzt er sich in Bewegung und stürmt auf Jannick zu. Der Hund beginnt wieder zu kläffen. Geox hat Jannick bereits am Kragen seines Poloshirts gepackt, als ganz in der Nähe eine Polizeisirene aufheult.

Erschrocken wechselt Geox einen Blick mit seinen Kollegen. Sofort lässt er Jannick los. Im nächsten Moment rennen sie davon und verschwinden zwischen den Wohnblocks.

Kapitel 9

Wir sehen dem Polizeiauto zu, wie es davonfährt. Geox und seine Kumpel waren natürlich längst über alle Berge, als die Bullen eintrafen. Jannick und ich haben zwar zusammengefasst, was geschehen ist, doch viel ausrichten konnte die Polizei nicht.

Ein dumpfer Schmerz pocht durch meinen ganzen Körper, als ich mich vorsichtig ans Geländer lehne.
Jannick steht vor mir und betrachtet mich nachdenklich. «Bist du okay?», will er wissen.
Ich nicke und bringe kein Wort heraus.
«Arschlöcher», sagt er.
Meine Zunge klebt irgendwie am Gaumen fest.
«Jannick», stellt er sich vor.
Beinahe hätte ich erwidert, dass ich das wüsste.
«Olaf», krächze ich.

«In letzter Zeit sehe ich dich jeden Tag», meint er.
Ertappt zucke ich zusammen. «Wie meinst du das?»
«Du hängst immer irgendwo hier in der Nähe ab.»
Ich spüre, wie mir das Blut ins Gesicht schiesst. Wahrscheinlich bin ich jetzt rot wie eine Tomate. Wie peinlich. «Du irrst dich», murmle ich.

Jannick schüttelt den Kopf.
«Ich wohne hier ganz in der Nähe», lüge ich, weil mir nichts Besseres einfällt.

Jannick runzelt die Stirn. «Blödsinn. Du wohnst doch direkt gegenüber von uns. Siebter Stock. Ich sehe dich manchmal am Fenster stehen.»
Mir verschlägt es die Sprache. Scheisse. Ich habe echt gedacht, er würde mich nicht bemerken. Falsch gedacht. Wichtige Notiz an mich: Fenster sind durchsichtig.

Im nächsten Moment höre ich mir zu, wie ich ihm von *Grenachers Top Mode* und meiner Chefin erzähle, die mir das Leben zur Hölle macht. Erstaunlicherweise geht es wie von selbst, die Worte sprudeln nur so aus mir heraus. Und mit jedem Satz lässt das Gewicht nach, das seit Wochen tonnenschwer auf mir lastet. Ich hatte keine Ahnung, wie erleichternd das sein würde. Endlich mit jemandem darüber reden zu können.

Jannick sagt kein Wort, hin und wieder nickt er. «Magst du kurz rüberkommen?», fragt er, als ich fertig bin, und deutet zur Garage. «Ich lade dich zu einer Cola ein.»
«Zero. Cola Zero, wenn du hast», erwidere ich mit einem Blick auf die Uhr und kichere viel zu schrill. «Wegen der Linie.»

Er lächelt irritiert und geht voraus. Ich könnte mich ohrfeigen. Erst lüge ich ihn an, dann benehme ich mich wie eine dämliche Tussi mit akutem Hirnzellenschwund. Jannick muss mich für total durchgeknallt halten.

Kapitel 10

Als ich eine Viertelstunde später die Garage *Schürch* verlasse, schwebe ich wie auf Wolken. Mein Herz hämmert, und am liebsten würde ich so ausgelassen auf dem Trottoir herumtanzen, dass Nicki Minaj vor Neid grün anlaufen würde.

Ich habe Jannick von meinem Geheimnis erzählt. Keine Ahnung, warum, ich hatte es nicht vorgehabt. Es ist mir einfach so rausgerutscht. Jetzt ist er eingeweiht, jetzt weiss er von dem Ort, von dem niemand sonst weiss. Dort, wo ich mich nach der Arbeit von Frau Grenachers Demütigungen erhole. Dort, wo ich hingehe, wenn ich sonst nirgendwo hingehen kann. Der einzige Platz, an dem die Welt mich nicht kriegt.

Ein altes Fabrikgebäude, jenseits des Bahnhofs, auf der anderen Seite der Gleise. Es gibt dort unzählige leer stehende Industriehallen, die staubbedeckten Fenster blind, zerbrochene Scheiben überall. Davor verwildertes Buschwerk, Autowracks und rostige Schrottberge.
In viele dieser Gebäude kommt man problemlos rein. Die meisten sind komplett ausgeräumt, und es gibt wenig Aufregendes zu sehen. Ich weiss das, weil ich fast überall eingebrochen bin.

Aber dann bin ich auf diese Fabrik gestossen. Sie war zwar ebenfalls leer, sodass nicht mehr festzustellen war, was dort früher produziert worden ist. Doch über der Halle, am westlichen Ende des Gebäudes, gibt es einen kleinen Raum. Eine Art Kabine, die ringsherum verglast ist. Ein vergessener Tisch steht darin, zwei Sessel und ein uraltes Sofa.

Vermutlich war es einst das Büro, von wo aus der Chef seine Angestellten kontrollieren konnte. Es ist nur über eine wackelige Treppe zu erreichen. Aber ist man erst einmal oben, kann man die ganze Produktionsstätte überblicken. Dreht man sich um, hat man eine spektakuläre Aussicht über die benachbarten Gebäude und das Gelände hinter dem Bahnhof. Und kein Mensch vermutet einen dort oben, man ist sozusagen unsichtbar.

Jannick hat gesagt, dass er nach der Arbeit ins Gym geht, aber danach will er vorbeikommen. Er möchte sich die Fabrikhalle und vor allem die Aussicht ansehen. Ich kann mein Glück kaum fassen. Der Tag hat derart beschissen angefangen, aber jetzt hat er mit einem Mal eine unglaubliche Wendung genommen.

Kapitel 11

Er ist kurz nach halb acht gekommen. Ich habe auf dem Weg ein paar Tüten Chips gekauft, und er hat vier Flaschen Bier mitgebracht.
Jetzt sitzen wir auf dem Tisch und schauen schweigend in die Weite. Die Luft ist staubig, und das Abendlicht bricht sich in der uralten Fensterscheibe. Im Schein der langsam sinkenden Sonne glüht die ganze Umgebung. Jannicks Geruch in meiner Nase: ein Hauch Axe, eine Prise Duschmittel, seine vom Sport noch erhitzte Haut. Nichts auf dieser Welt riecht besser.
«Wegen deiner Lehrstelle ...», sagt Jannick plötzlich.
«Ich halte es kaum noch aus», entfährt es mir.
«Du solltest das Kriegsbeil begraben.»
«Die Alte macht mir das Leben zur Hölle. Du hast keine Ahnung, wie die ist.»
Er setzt seine Bierflasche an und nimmt einen grossen Schluck. «Dann tu was dagegen. Bewirb dich anderswo.»
«Mach ich eh», verteidige ich mich.
Was natürlich nicht stimmt. Ich habe seit dem Krach mit der Grenacher keine einzige Bewerbung geschrieben. Mir hat irgendwie die Energie dazu gefehlt.

Ich schiele auf mein Handy. Ich sollte längst zu Hause sein. Meine Mutter macht sich vermutlich keine Sorgen, aber sie mag es nicht, wenn ich zu spät zum Abendessen komme. Doch ich kann jetzt unmöglich gehen. Nicht wenn Jannick da ist.
«Ich muss los», sagt er in diesem Moment, als hätte er meine Gedanken gehört. «Was hast du morgen vor?»

Mein Herz setzt einen Schlag aus.
«Nichts», bringe ich gerade noch heraus, meine Stimme raspelt sich durch die Kehle.
«Zur selben Zeit?»
«Hier?»
«Wenn du magst.»
«Oh … äh … klar … cool … mag ich.» Ich klinge wie ein Vollbekloppter.
Doch Jannick grinst bloss. «Ich bringe wieder Bier mit. Okay, Bro?»
Ich nicke stumm.

Er verlässt die Kabine und trabt die Treppe hinunter. Rasch schliesse ich die Tür hinter mir und folge ihm.
Bro. Das Wort glüht in meinen Ohren. Es fühlt sich wie warmer Honig an, der über die Innenseite meiner Brust läuft. Direkt in mein Herz.

Kapitel 12

«Schau mal!», ruft Jannick plötzlich.
Es ist das dritte Mal, dass wir uns in der stillgelegten Fabrik treffen. *Cockpit* nennt er das Büro, weil es ihn an ein Raumschiff erinnert. Eine gläserne Kabine, die über allem schwebt. Man komme sich wie losgelöst von der Welt vor, hat er gemeint.
«Da sind doch diese Typen von neulich.»

Tatsächlich steigen Geox und der Typ mit den blonden Haaren gerade aus einem alten Škoda. Das heruntergekommene Gebäude, in dem sie verschwinden, ist etwa fünfzig Meter Luftlinie von uns entfernt. Ein zerfallenes Häuschen, in dem früher wahrscheinlich Büros untergebracht gewesen sind. Schwer zu sagen. Die Fassade ist rissig, im Ziegeldach klaffen riesige Löcher, die meisten Fenster fehlen.

Kurze Zeit später tauchen sie im ersten Stock auf. Sofort holt Jannick sein Handy hervor und schaltet die Kamera ein. Mit zwei Fingern vergrössert er den Bildausschnitt. So können wir gut sehen, was die beiden Kerle in dem Häuschen treiben.

Ich lehne mich zu Jannick hinüber, damit ich einen besseren Blick auf den Bildschirm habe. Ich bemühe mich, ihn nicht zu berühren. Denn jedes Mal wenn ich ihn streife, durchzuckt es mich glühend heiss. Als wären wir elektrisch geladen. Ihm scheint es nichts auszumachen, er bemerkt es nicht einmal.

Geox steuert zielstrebig auf einen Wandschrank zu. Er öffnet ihn, beugt sich hinunter und hält plötzlich eine Sporttasche in der Hand. *Adidas*, der Schriftzug leuchtet hell in der Dunkelheit. Eilig zerrt ihm der Blonde die Tasche aus der Hand. Ein Handy leuchtet auf. Er öffnet den Reissverschluss und holt etwas heraus, das wir nicht erkennen können.

«Vermutlich Gras», murmelt Jannick.
«Wie kommst du darauf?», will ich wissen.
«Ich hab den einen schon ein paarmal am Bahnhof dealen sehen.»
«Wir könnten der Polizei einen Tipp geben, wo die ihr Lager haben»

Jannick grinst. «Wäre aber langweilig. Besser wir klauen das Zeug und verticken es selber.»
«Weisst du, wie man das macht?», frage ich.
Er schüttelt den Kopf. «Aber ein paar von den Typen, mit denen ich rumhänge, kiffen.»

Die Bemerkung versetzt mir einen kleinen Stich. Die letzten Tage sind wie ein Traum für mich gewesen. Mit Jannick hier sitzen zu dürfen, ihm nah zu sein, seinen Geruch einzuatmen, seinen Körper neben meinem zu spüren, mit ihm zu reden, all das fühlt sich total unwirklich an. Und doch war ich nie glücklicher als jetzt. Dass er auch mit anderen Typen abhängt, dass er noch ein anderes Leben hat, in dem ich keine Rolle spiele, reisst mich brutal aus dem siebten Himmel und lässt mich hart auf dem Boden der Realität aufprallen.

«Wir könnten ein kleines Geschäft aufziehen.» Jannick lacht leise und stösst mir den Ellbogen in die Rippen. «Du und ich.»
Mein Herz macht einen Sprung, doch ich lasse mir nichts anmerken. *Du und ich.*
«Wir würden innert kürzester Zeit auffliegen», sage ich.
«Sehr wahrscheinlich.»
«Aber wir könnten sie erpressen.»
Er dreht sich zu mir her. «Ihnen drohen, die Polizei einzuschalten.»
«Und sie zwingen, uns einen Teil des Gewinns abzugeben.»
«Und was machen wir damit?»
Wir.

Ich schiebe die Unterlippe vor und gucke betont cool. «Wir hauen ab. Irgendwohin, wo uns keiner kennt.»
Jannick lacht. «Eine einsame Insel in der Südsee.»
«Wo es keine Grenachers gibt. Und keine *Top Mode*.»
«Und keine Eltern, die sich dauernd streiten.»
«Wo uns niemand findet.»
«Nur du und ich.»

Jannick rückt näher, und mein Herz steht still.
«Nur du und ich», flüstere ich.
Unsere Gesichter sind nur noch Zentimeter voneinander entfernt, mein Puls hämmert. Sekundenlang sehen wir uns an.
Plötzlich sind Stimmen zu hören, Autotüren werden zugeschlagen, ein Motor startet röhrend. Wir zucken zusammen, und der Moment ist vorbei.

Geox und der Blonde verlassen das Areal. Staub wirbelt hinter dem Škoda auf. Wir tauschen einen raschen Blick aus, und zu meiner Überraschung wirkt Jannick seltsam verlegen. Als wäre es ihm mit einem Mal peinlich, hier zu sein.

Kapitel 13

«So.» Jannick deutet auf den Bildschirm seines Laptops, den er ins Cockpit mitgenommen hat.
«Wow, die Bewerbung sieht echt profimässig aus!», rufe ich begeistert.
«Du willst doch den bestmöglich Eindruck machen.»
«Ich habe gedacht, das hätte ich.»
«Du hast nur Absagen kassiert. Schon vergessen?»

Ich murmle etwas Unverständliches. Ich habe Jannick zwar von irgendwelchen Bewerbungen erzählt, in Wahrheit habe ich aber keine einzige abgeschickt.
«Vermutlich sah dein Dossier aus, als hättest du es stockbesoffen an einem Samstagmorgen um vier Uhr in der Früh zusammengestellt.»
«Kommt etwa hin.»
Jannick grinst.
«Danke.» Ich hebe die Bierdose hoch.
«Keine Ursache.» Er nimmt ebenfalls einen Schluck von seinem Bier.

«Olaf?»
Ich zucke zusammen. Jannick nennt mich nur selten beim Namen, wenn er es dann tut, wird etwas in mir sofort ganz weich und warm.
«Ja?»
«Darf ich dich etwas fragen?» Er druckst herum und wirkt verlegen.
«Klar, alles.»
Er zögert.
«Leg schon los!»

«Du bist komisch in letzter Zeit», sagt er dann. «Und ich weiss nicht, wieso.»
«Der Stress wegen der Lehrstelle», verteidige ich mich, ich sehe ihm jedoch an, dass er mir nicht glaubt.
Verdammt! Ich hätte nicht gedacht, dass er es merkt. Notiz an mich selber: Unterschätze Jannick nicht.

«Ist es wegen mir?», will er wissen.
Fragend runzle ich die Stirn, obwohl ich haargenau weiss, worauf er anspielt.
«Ich meine, das ist dein Versteck. Und jetzt komme ich dauernd her, fast jeden Tag.»
«Nein, nein, das stört mich nicht, gar nicht», sage ich hastig. «Im Gegenteil. Ich mag es, wenn du da bist. Es ist viel schöner, wenn man zu zweit … und du … und ich … und so …»

Halt verdammt noch mal einfach die Klappe, du Totsch!, ermahne ich mich. Bevor du dich um Kopf und Kragen laberst.

«Okay.» Jannick nickt. «Ich möchte dir auf gar keinen Fall auf die Nerven gehen.»
Ich bringe bloss ein verneinendes Schnalzen zustande. Dass er annimmt, er könnte mich stören, verschlägt mir die Sprache. Falscher könnte er nicht liegen. Doch natürlich hat er recht. Ich benehme mich seltsam. Weil ich überhaupt nicht mehr weiss, wie ich mich benehmen soll.

Etwas in mir möchte ihm unbedingt sagen, was ich für ihn empfinde. Manchmal liegt mir der Satz zuvorderst auf der Zungenspitze, und ich muss mich mit aller Macht zusammenreissen, damit er mir nicht rausrutscht. Dabei würde ich am liebsten den nächsten Berg hochrennen und es von dort herunterbrüllen, damit es alle mitbekommen. Damit dieser Druck auf meiner Brust endlich nachlässt.

Ja, ich empfinde etwas für ihn, und zwar mehr als ich mit Worten ausdrücken kann. Es wäre mir auch egal, was andere denken. All diejenigen, die verächtlich grinsen würden, hinter meinem Rücken tuscheln, mich blöd anmachen – wäre mir echt scheissegal.

Ich möchte nur mit ihm zusammen sein, jetzt und für immer.

Gleichzeitig ist da aber diese Angst. Eine eiskalte Angst. Dass Jannick nicht gleich empfindet wie ich. Dass er mich auslachen könnte, sich abwendet, nicht mehr herkommt. Ich hatte nie viele Freunde, ich bin nicht der Typ dazu. Bin eher der Aussenseiter. Doch in den vergangenen Wochen haben wir uns angefreundet, Jannick und ich, wir sind richtige Freunde geworden, glaube ich. Auf jeden Fall ist er der beste Freund, den ich jemals hatte.

Und genau deswegen fürchte ich mich vor dem, was passieren könnte, wenn ich ihm meine Gefühle gestehe. Ich habe Angst, damit alles aufs Spiel zu setzen. Angst, alles kaputt zu machen.

Kapitel 14

Jannick hat einen Feldstecher mitgebracht. Wir verstecken uns hinter dem Sofa und reichen das Teil hin und her. Abwechselnd beobachten wir, wie sich Geox und sein blond gefärbter Kumpel drüben in dem baufälligen Häuschen aus der Adidas-Tasche bedienen.

Heute bleiben sie länger als sonst. Geox holt ein paar hauchdünne Papierchen aus seiner Jackentasche, während der Blonde einen Filter rollt. Dann öffnet Geox eines der Plastiksäckchen und schüttet etwas vom Inhalt auf das Papier.

Sie rauchen den Joint am offenen Fenster.
«Die sehen beide nicht ganz dicht aus, oder?», sagt Jannick nach einer Weile.

Grinsend lasse ich den Feldstecher sinken. «Nicht wirklich. Der Blonde wäre zwar nicht übel, wenn er sich die Haare nicht so scheusslich färben würde.»

Jannicks Schweigen dauert zu lang. Am liebsten hätte ich mir die Zunge abgebissen. Notiz an mich selber: Erst denken und die Konsequenzen abschätzen. Dann erst labern.

«Der Blonde, hm?» Er blickt hinüber zum Häuschen, wo die beiden am Fenster stehen und ihren Joint rauchen. Sie reden und lachen.
«Hab ich nur so gesagt.»
«Du magst wohl eher Jungs?»

Ich habe plötzlich einen dicken Kloss im Hals.
«Wäre das schlimm?»
Jannick schüttelt den Kopf und sieht mich direkt an. «Für mich nicht.»
Ich starre zurück und habe keine Ahnung, was ich sagen soll.

«Ist bestimmt keine einfache Entscheidung», meint er.
«Es ist nicht so, als ob ich eine Wahl hätte, weisst du?»
«Hat man das nicht immer?»
«In diesem Fall nicht. So etwas sucht man sich nicht aus.»
Er sieht wenig überzeugt aus.

«Glaubst du echt, ich würde mir absichtlich das Leben schwer machen?», ereifere ich mich.
«Ich weiss nicht ...», setzt er an, doch ich lasse ihn nicht zu Wort kommen.
«Es ist nämlich nicht so, dass man eines Morgens erwacht und sich denkt, es wäre doch ganz

lustig, auf Jungs zu stehen. Nein, das ist tief in dir und du kannst nichts dagegen tun. Sosehr du dich auch dagegen wehrst, es geht einfach nicht weg. Und das ist verdammt hart für dich. Zu akzeptieren, dass du anders bist.»

Ich hole tief Luft.
Jannick ist verstummt, hört mir aber aufmerksam zu.
«Für mich wäre es viel einfacher, so zu sein wie alle andern. Glaub mir. Auf all die bescheuerten Bemerkungen und die Schimpfwörter könnte ich nämlich gut verzichten. Die Verachtung und das herablassende Grinsen von Typen, die glauben, etwas Besseres zu sein. Nur weil sie Mädchen mögen. Dafür wüsste ich ganz gern, wie ich mein Leben leben soll. Für andere ist das sonnenklar, aber für mich nicht.»

Jannick runzelt die Stirn. «Was meinst du damit?»
«Was man halt so macht. Ausbildung, Beruf. Freundin. Man zieht zusammen, verlobt sich, heiratet. Irgendwann vielleicht ein Eigenheim, Kinder, viel später Grosskinder. So sieht es unsere Gesellschaft vor, das sind unsere Leitplanken. Wer will, kann sich blind daran halten. Braucht nicht einmal zu überlegen, ob es noch andere Möglichkeiten gäbe.

Daran ist nichts falsch, die meisten machen es so. Ich hingegen weiss nicht einmal, wer ich bin, verstehst du?»

Jannick kaut nachdenklich auf seiner Unterlippe herum, und ich vermute, dass er mir nicht ganz folgen kann. Egal.
«Ich muss selber herausfinden, wer ich sein will», fahre ich fort. «Wo mein Platz ist in dieser Welt. Denn für mein Leben gibt es keine fixe Anleitung. Ich bin ganz auf mich allein gestellt, da hilft mir kein Mensch.»
«Deine Mutter weiss es?»
Ich nicke. «Schon lange. Für sie ist es okay. Kein Drama oder so. Aber sie hat auch nicht aufgejubelt und sofort alle Verwandten angerufen.»
Ein schwaches Lächeln huscht über Jannicks Gesicht.

«Versteh mich nicht falsch: Ich möchte niemand anders sein.» Gegen meinen Willen wird meine Kehle plötzlich eng. «Aber manchmal ist es wahnsinnig anstrengend, es braucht so viel Kraft. Als würde einem dauernd ein eisiger Wind ins Gesicht blasen.» Ich schlucke leer und spüre, wie Tränen in meine Augen schiessen. Das ist das Letzte, was ich will. Vor Jannick als selbstmitleidige Heulsuse dastehen.

Und dann geschieht etwas, womit ich nicht gerechnet habe: Jannick lehnt sich zu mir herüber und ergreift meine Hand. «Olaf», sagt er sanft, und jetzt kann ich die Tränen nicht mehr zurückhalten.

Er rückt noch näher, legt seinen Arm um mich und hält mich fest. «Olaf», sagt er erneut, und ich blicke zu ihm auf.

Wie magnetisch zieht es mich zu Jannicks Gesicht hin, ich kann nichts dagegen tun. Im nächsten Moment drücke ich meine Lippen auf seine. Einen kurzen Augenblick lang erwidert er den Kuss. Zumindest glaube ich das. Doch dann reisst er sich von mir los und sieht mich entsetzt an.

«Ich ... ich ...», stammelt er und springt auf.
In der nächsten Sekunde stürmt er die Treppe hinunter, die Tür der Kabine schlägt zu, und ich bin allein.

Kapitel 15

Ich sehe dich, Jannick.
Ich sehe dich jeden Tag.
Aber nie warst du weiter weg von mir als jetzt.
Nicht einmal damals, als wir uns noch gar nicht gekannt haben.

Ich habe die Rollläden heruntergelassen und leicht schräg gestellt. Das Licht ist aus, wenn ich abends am Fenster stehe. Damit du mich nicht sehen kannst.

Ich komme mir vor wie ein verdammter Stalker.
Und wahrscheinlich bin ich das auch.
Aber ich kriege dich nicht mehr aus meinem Kopf, Jannick. Und schon gar nicht aus meinem Herz.

Kapitel 16

Du klappst deinen Laptop zu und stehst auf. Ziehst deine Jacke an, die teuren Sneakers. Schaust kurz ins Wohnzimmer, bevor du gehst. Deine Eltern sitzen eisig schweigend vor dem Fernseher, sie blicken kaum auf, als du dich verabschiedest. Kurz bleibst du vor dem Haus stehen, schiebst die Hände in die Hosentaschen. Und dann schaust du so unvermittelt zu mir hoch, dass ich erschrocken zusammenzucke. Ich weiche vom Fenster zurück. Doch bin ich mir sicher, dass du mich gesehen hast. Selbst im Dunkeln.

Als ich mich wieder getraue hinauszugucken, bist du weg. Ich stürze aus dem Zimmer und rufe meiner Mutter zu, dass ich noch schnell raus müsse. Ihre Antwort warte ich gar nicht erst ab. Ich schlüpfe in meine Schuhe und renne die Treppe hinunter. Sieben Stockwerke.

Die Strasse ist menschenleer, nur der Verkehr rauscht an mir vorbei. Freitagabend, alle sind auf dem Weg in die Stadt. Ich beeile mich, aber eigentlich bin ich mir gar nicht sicher, weshalb ich dir folge, Jannick.

Wir haben nicht mehr miteinander gesprochen seit jenem Kuss. Ich habe aufgehört vor der Garage *Schürch* rumzuhängen, weil ich mir dabei lächerlich vorgekommen wäre. Dafür habe ich Abend für Abend im Cockpit auf dich gewartet, aber du bist nie gekommen. Ich hätte dir gern von den Bewerbungen erzählt, die ich in der Zwischenzeit abgeschickt habe.

Ich renne beinahe, um dich einzuholen. Und dann entdecke ich dich. Du stehst vor dem Bahnhof, sprichst mit deinen Kumpels, mit denen du manchmal ausgehst. Ihr steht im strahlenden Lichtkegel einer Strassenlampe, lässig an einen Zaun gelehnt. Zigarettenqualm über euren Köpfen, einer beginnt zu lachen, und alle fallen mit ein.

Ich verlangsame meine Schritte, weil ich nicht weiss, was ich sagen soll. Ob es klug ist, dich überhaupt anzusprechen. Ich will mich nicht mehr wie ein Totsch benehmen, nicht heute, nicht vor dir.

«Hey», sage ich, als ich an euch vorbeigehe. Deine Freunde mustern mich abschätzig, und du tust, als würdest du mich nicht kennen. Kein Nicken. Kein Lächeln. Es kommt mir vor, als würdest du den Kopf einziehen. Zögernd gehe ich weiter.

«Kennst du den?», fragt einer deiner Freunde. Als ich zurückblicke, sehe ich, wie du mit den Schultern zuckst.
«Wohnt gegenüber», murmelst du.
«Aber du hängst nicht mit dem ab, oder?»
«Sicher nicht!»
«Eben. Geht ja gar nicht.»
«Eh ...»
«Fette Schwuchtel.»
Alle lachen.
Und du schweigst.

Kapitel 17

Allein sitze ich im Cockpit und starre in die Nacht hinaus. Das Mondlicht wirft einen silbernen Schimmer über das Areal. Es sieht aus, als wären die Dächer der Industriehallen mit feinem Schnee bedeckt. In meiner Brust glüht etwas so heiss, dass es mich beinahe verbrennt. Scham und Wut und Schmerz vermischen sich. Ich könnte gleichzeitig weinen, kotzen und irgendetwas in tausend Stücke hacken.

Ich stehe auf und stelle mich ans Fenster. Alles ist dunkel, nichts rührt sich.
Und dann sehe ich dich, Jannick. Du läufst geduckt durch die Dunkelheit, ein Schatten bloss. Vor dem ehemaligen Bürohäuschen bleibst du stehen und siehst dich verstohlen um. Ich weiche vom Fenster zurück, damit du mich nicht entdeckst.

Du betrittst das Gebäude, das Handy leuchtet dir den Weg. Steigst in den ersten Stock hoch, öffnest den Schrank und holst die Adidas-Tasche hervor.

Schlagartig wird mir klar, was das soll. Du besorgst das Gras für deine Kumpel. Damit das peinliche Zusammentreffen mit mir vergessen geht. Damit sie dich weiterhin für cool halten. Damit sie nicht denken, du hättest irgendetwas mit mir zu tun. Mit einer fetten Schwuchtel.

Du hast die Tasche gerade wieder im Schrank verstaut, als der Wagen um die Ecke biegt. Ein alter Škoda.
Du hast das Motorengeräusch ebenfalls gehört. Du erstarrst. Wirfst einen gehetzten Blick aus dem Fenster und läufst dann panisch im oberen Stock hin und her. Doch es gibt nur diese eine Treppe.

Der Škoda hält direkt vor dem Haus. Die Scheinwerfer erlöschen, und Geox und der Blonde steigen aus. Du sitzt in der Falle, Jannick. Vor lauter Schadenfreude hätte ich beinahe gelacht.

Mit einem Mal wirken Geox und der andere misstrauisch. Sie bleiben im Eingang des Häuschens stehen, lauschen. Beraten sich dann. Der Blonde kehrt zum Wagen zurück, und als ich den Baseballschläger sehe, den er aus dem Kofferraum holt, bin ich mit einem Satz bei der Tür.

Kapitel 18

Ich brülle, brülle wie ein Stier, während ich auf das Häuschen zustürme. Verblüfft fährt Geox herum. Der Blonde, der bereits im Haus verschwunden ist, kommt wieder herausgeschossen.
Ich habe keinen Plan. Ich weiss nur, dass ich die beiden irgendwie aufhalten muss. Ich will nicht, dass sie dir etwas antun, Jannick.

Ich bin schon so nah, dass ich das Grinsen der Typen sehen kann. Ruckartig setzen sie sich in Bewegung. Beide gleichzeitig.
Ich bremse ab. Zu spät. Der Blonde hat mich mit ein paar grossen Schritten erreicht. Er schwingt den Baseballschläger hoch über seinem Kopf, doch ich weiche aus. Geox habe ich allerdings aus dem Blick verloren, er steht plötzlich hinter mir und tritt mir die Beine weg. Ich fluche, als ich hinfalle. Der Kies schürft die Haut an meinen Händen auf.

Instinktiv rolle ich mich zur Seite, und der Hieb mit dem Baseballschläger verfehlt mich nur um Millimeter.
«Du kleine Ratte!», schimpft Geox, während der Blonde erneut ausholt.

Ich werfe mich herum. Der Schlag saust knapp an meinem Kopf vorbei, dafür durchzuckt ein gleissender Schmerz meinen Arm. Ich schreie auf. Der Blonde packt den Schläger fester, bereit, erneut zuzuschlagen.

Im selben Moment höre ich Jannicks Stimme. «Hey, ihr Volldeppen!», schreit er vom Haus her. Die beiden Kerle fahren herum und stürzen dann zu zweit auf ihn zu. Blitzschnell verschwindet er zwischen den Büschen hinter dem Gebäude.
Sie verfolgen ihn, doch Jannick ist verschwunden. Ich kann die Typen fluchen hören, während sie das Gelände nach ihm absuchen.

Mit einem Mal herrscht Stille. Als ich aufblicke, sehe ich sie auf mich zukommen. Panisch versuche ich, mich aufzurappeln. Doch mein Arm schmerzt wie blöd.
Die beiden haben mich beinahe erreicht, als die Sirenen aufheulen. Blaulicht flackert über das Areal, Kies knirscht unter den Rädern.

Natürlich habe ich die Polizei verständigt, bevor ich die Treppe hinuntergerannt bin. Ich bin doch kein Totsch.

Kapitel 19

Du wartest vor der Notfallaufnahme, Jannick, ich kann dich durch die Scheiben der Schiebetür sehen. Nervös trittst du von einem Bein aufs andere. Dein schlechtes Gewissen steht dir ins Gesicht geschrieben. Gut so.

Meine Mutter ist sofort ins Spital gefahren, nachdem sie alarmiert worden ist. Besorgt hat sie neben mir in der Notfallaufnahme gesessen und mich immer wieder gefragt, was mit mir bloss los sei. Grosse Frage. Weiss ich selber auch nicht so genau.

Jetzt spricht sie seit einer Ewigkeit mit dem diensthabenden Arzt und klammert sich dabei an ihre Handtasche. Mein Arm ist gebrochen, und ich habe ein paar Schrammen abgekriegt. Sonst geht es mir prima. Aber sie macht ein Riesentheater daraus. Dabei ist der Arm längst eingegipst, und man hat mir ein paar Schmerztabletten verabreicht, die meine Welt ganz samtig werden lassen.

Geox und der Blonde wurden von der Polizei verhaftet. Keine Ahnung, was mit ihnen geschehen wird.

Ihr Drogenlager ist auf jeden Fall aufgeflogen. Als man sie abführte, sahen sie nicht besonders glücklich aus. Und die Blicke, die sie mir zuwarfen, kamen mir nicht gerade liebevoll vor. In Zukunft muss ich mich wohl vor ihnen in Acht nehmen. Aber das kriege ich hin.

Ich lasse meine Mutter und den Arzt stehen und gehe langsam auf den Ausgang zu.
«Hey», sagt Jannick, als ich ins Freie trete.
«Hey», antworte ich.

Der laue Nachtwind streicht sanft durch sein Haar. Das Neonlicht, das durch die Scheiben dringt, lässt ihn blass aussehen.
Ich freue mich, ihn zu sehen, aber dann irgendwie auch nicht.
«Es tut mir leid», sagt er leise, und ich nicke.
«Ich war ein Arsch.»
«Total.»
Er blickt zu Boden. Verlegen. Ein peinliches Schweigen macht sich zwischen uns breit.

«Ich war dafür ein Totsch», sage ich schliesslich.
Er hebt den Kopf. «Das hätte echt schiefgehen können.»
«Ich wollte die beiden nur ablenken, damit du da rauskommst.»

«Das war voll mutig, Bro! Aber schau dich an! Du siehst aus, als hätte man dich rückwärts durch eine Hecke gezerrt.»
Ich grinse, und er greift nach meiner unverletzten Hand. «Du bist ein Totsch, Olaf! Aber der liebenswerteste Totsch, den ich kenne.»

Er macht einen Schritt auf mich zu, er ist jetzt ganz nah. Doch dann geht die Schiebetür hinter uns auf und meine Mutter will genervt wissen, ob wir nun endlich nach Hause fahren können.

Kapitel 20

Wir stehen unter dem Vordach des Hauseingangs. Meine Mutter wühlt in ihrer Handtasche, bis sie den Hausschlüssel gefunden hat. Triumphierend hält sie ihn in die Höhe.
«Hast du den Briefkasten schon geleert?», fragt sie.
«Äh, heute noch nicht.»
Sie steckt den Schlüssel ins Schloss und zieht ein paar Umschläge aus dem Aluminiumkasten. Rasch geht sie die Post durch. Die Werbung stopft sie zurück in den Milchkasten, die Kuverts sieht sie sich flüchtig an.
«Rechnungen, immer nur Rechnungen», schimpft sie, hält dann aber inne. «Das ist für dich.»

Sie reicht mir einen schmalen Umschlag. Verdutzt betrachte ich ihn und lese dann die Adresse des Absenders. Mit klopfendem Herzen reisse ich ihn auf. Mein Blick fliegt über die Buchstaben, sucht nach dem einen, entscheidenden Satz. Und da ist er! Bingo!

«Was ist mir dir?» Meine Mutter steht in der mittlerweile offenen Haustür und sieht mich verwundert an.

Es dauert einen Augenblick, bis ich die Worte zusammenkriege. Am liebsten würde ich laut aufjauchzen. «Ich bin für ein Bewerbungsgespräch eingeladen!», bricht es aus mir heraus.
«Was? Wo?»
«In der Stadt, in einem richtig coolen Kleiderladen!»
Sie runzelt die Stirn. «Was ist mit *Grenachers?*»
«Ich fühle mich dort nicht wohl.»

Zu meiner Überraschung nickt meine Mutter. «Ich fand die auch immer etwas seltsam, diese Frau Grenacher. Die hat so hervorstehende Augen. Hat mich immer an einen Kugelfisch erinnert. Diese Fische weisst du, die sich ...»
«... bei Ärger kugelrund aufblasen.»
Wir lachen, während hinter uns die Tür ins Schloss fällt.

Kapitel 21

Die Herbstsonne verglüht hinter den Dächern und überzieht alles mit flüssigem Gold. Es ist kühler geworden. Ich lehne am Tisch und blicke auf das Gelände hinaus.
Ich habe ein paar Tüten Chips dabei, und Jannick hat angekündigt, Bier zu bringen. Falls er es schaffe. Es ist das erste Mal seit jenem Abend, dass wir uns hier verabredet haben.

Seit ich meinen Ausbildungsplatz gewechselt habe, habe ich nicht mehr viel Zeit. Ich bin jetzt mehr in der Stadt. Hin und wieder auch abends, ich habe neue Freunde gefunden. Und ich muss lernen für die Berufsschule. Ich kann mich nicht mehr erinnern, wann ich das letzte Mal am Fenster gestanden bin und zu Jannick hinübergeschaut habe. Seine Mutter ist übrigens ausgezogen. Angeblich will sie sich scheiden lassen.

Du hast am Telefon sofort zugesagt, Jannick. Es würde dich freuen, wenn wir uns endlich einmal wiedersähen. Und dann, zögernd: «Ich brauche Zeit, Olaf. Ich bin noch nicht so weit.»

Ich weiss, wie das ist. Wie viel Kraft es braucht.
Nimm dir alle Zeit, die du brauchst, Jannick.
Denn dein Leben wird danach nie mehr dasselbe sein.
Aber wenn du erst mal da bist, ist es gut.